衛斯理系列 少年版 03

透明光

上

作者：衛斯理

文字整理：耿啟文

繪畫：余遠鍠

老少咸宜的新作

　　寫了幾十年的小説，從來沒想過讀者的年齡層，直到出版社提出可以有少年版，才猛然省起，讀者年齡不同，對文字的理解和接受能力，也有所不同，確然可以將少年作特定對象而寫作。然本人年邁力衰，且不是所長，就由出版社籌劃。經蘇惠良老總精心處理，少年版面世。讀畢，大是嘆服，豈止少年，直頭老少咸宜，舊文新生，妙不可言，樂為之序。

倪匡　2018.10.11　香港

主要登場角色

王俊

王彥

燕芬

羅蒙諾教授

衛斯理

傑克

勃拉克

依格

第一章

古怪 的 黃銅箱子

「衛斯理，你知道我有多忙嗎？我正在埃及做水利工程，沒空陪你玩！」王俊在電話的另一頭說。

「來，我們下一局圍棋吧。」

我和王俊是朋友，也是死對頭，讀書時就認識，經常

，最喜歡互相捉弄對方，但畢業後便少聯絡了，

若不是悶極無聊，我今天也不會想起找他解解悶。

「你去跟 下。」王俊冷冷地拒絕。

「電腦沒有情感，輸了也不會生氣。我想

看看你生氣的樣子，很久沒看到了。」我故

意 刺激 他。

「你欠揍是不是？看我半

小時解決你！」

我們立刻用電腦在線

上對弈，結果我花了一個多小

時擊敗了他。

「**哈哈哈**。」我在電腦的視像

鏡頭前大笑。

「衛斯理，你別以為自己很聰明，我趕着去工作才故意讓你！」王俊**怒氣沖沖**地離線。

接着幾天我都找他下棋，但他完全不理睬我。

直到某天下午，我竟收到他寄來的郵包，裏面是一個神秘的 黃銅 箱子，約有一米長，半米闊，二十厘米高。箱蓋上有九十九塊小銅片，被嵌在一百個格子中，餘下的一個空格讓小銅片可以 *滑 動* 。

那九十九塊小銅片上，都是一些 浮 雕 圖案，這顯然是一個拼圖鎖，只要將銅片排列成正確的圖案，便可以打開箱子。

這是王俊給我的挑戰。

難得有好東西解悶，我立刻 全神 貫注 地玩起拼圖來。可是，足足花了一個星期，我也打不開箱子，

因為我根本不知道浮雕的正確圖案是什麼，而且，九十九

塊銅片只靠一格的空間來移動，假設要把銅片從左下角移

到右上角，也得花掉不少 **時間** 和氣力。

王俊大概也知道我解不開這個鎖，終於來電揶揄：

「**怎麼樣？自作聰明的衛斯理，箱子打開了嗎？**」

我不認輸，賭氣地說：「再過三天就能解開。」

王俊呆了一呆，似乎不相信，然後緊張地說：「衛斯理，你不是想用 **機械工具** 把箱子鑿開吧？」

不愧是老對手，連我怎樣想也知道，我**冷冷**地回應：「你管我！總之，我會用聰明的方法打開它。」

「你千萬不要毀壞它啊！」王俊急得大叫，「它是一個民族的 **傳世之寶**，本來藏於古廟，因水利工程而被發現，我只是受託嘗試解開那拼圖古鎖而已。」

我對他的話半信半疑，因為箱子上的古怪文字並不像古埃及文字，而我和王俊又慣了亂編故事來作弄對方。我依舊**誇下海口**說三天內打開箱子，然後便掛線了。

我確實有打算利用 機 械 工 具 來鑿開箱子的，但想起王俊剛才的話，不禁重新細看一下這個獨特的黃銅箱子。除了箱蓋上的 浮 雕 拼圖，它的其餘五面也有着浮雕，人像、獸像都有，但看上去並不似是古埃及的藝術風格，反而有些像印第安人的藝術作品。

雖然王俊的話不太可信，但這箱子我愈看愈覺得不簡單，很可能真的是 古文物 ，不宜因一時鬥氣而暴力毀壞它。

　　可是，不借助工具的話，我如何能在三天之內打開這個拼圖鎖？我嘗試上網搜尋，看看有沒有「溫和」一點的工具可以用來打開箱子。當我看着電腦屏幕的時候，忽然靈機一動，禁不住興奮地大叫起來：「有了！」

　　我並非在網上找到了什麼工具，而是那工具就在我面前，正是電腦！

　　我忽然想到，將九十九塊銅片上的浮雕圖案📷拍照輸入電腦，讓電腦計算出所有的可能性，然後就可以用人工智能判斷哪一幅是正確的原圖了。我甚至可以讓電腦去運算，從目前的亂序拼回原圖的所需步驟。

　　有了電腦的幫助，我深信三天之內一定可以打開那個箱子，於是立刻動手寫電腦程式。可是，還不到半天我就放棄了。

雖然我略懂編程，但始終不是專業的程式員，寫得異常慢，處處有 **bug**，三天時間不可能完成，我必須找人幫忙。

由於涉及的可能是珍貴的古物，為免過程中有任何閃失而遭王俊話柄，我不敢找其他人幫忙，除了王彥。

因為王彥正是王俊的弟弟！

他是一位 **＋數學÷** 研究生，也是個編程高手。我跟他不算很熟，只見過幾次面，但我和他有共同的「敵人」，所以他了解整件事後，便一口答應：「沒問題，這程式很簡單，一晚就能完成了。我也想看看哥哥被氣死的樣子呢，**哈哈……**」

很明顯他們兩兄弟也是從小鬥到大的，我早就猜到王彥會答應暗中幫助我。

「不過，這些銅片上的圖案是 **立 體 浮 雕**，拍照的角度要很精準和清晰，我需要把箱子帶回家去細心處理。」王彥說。

我當然不反對，反正王彥是王俊的弟弟，萬一箱子被王彥侵吞了，或是箱子損毀了、被盜了，也是他們兩兄弟之間的事。我忽然覺得自己有點狡猾，但面對王俊那樣 **狡猾** 的對手，我從來就沒有老實過。

王彥把那個黃銅箱子帶走後，我唯一能做的就是 **等 待**。

果然，不出兩天，我便收到王彥的好消息，他打電話來說：**「成功了！電腦已經拼出浮雕的原圖案！」**

「真的？」我興奮地問。

「當然是真的，電腦還運算出拼回原圖的每個步驟，只要一步步照着做就可以了。」

「那麼你趕快把箱子和運算結果帶過來！我要親自操刀**解鎖**，還要給你哥哥來個視像直播，當場氣死他！哈哈……」

「好！」王彥也雀躍地説了一句，然後便掛線了。

我**樂不可支**地在書房裏**來回踱步**，又馬上清空了書桌，立好了支架，準備一會兒向王俊直播解鎖。

可是，我等了兩個多小時，王彥還未來到，手機也沒人接聽。從他的住處到我家只有十分鐘車程，就算步行過來也不會超過四十分鐘，但如今都快三小時了**！**我十分擔心，決定去看看沿途是否出了什麼意外。

怎料，當我打開大門的時候，驚見一個**怪人**恰巧站在門外。

「哇！你是誰？」我**嚇了一大跳**。

説他是怪人，是因為他穿着大衣，衣領高高地豎起，手上戴着手套，頭上戴着帽子，又用繃帶裹住了他整張臉，而且，臉上還戴上一副很大的墨鏡！

他這身打扮，即使到愛斯基摩人家中作客，也不怕**凍死**，更何況最近都是回南天，我也只不過是穿着一件襯衫而已！

「衛斯理，我……」

他一開口，我才知道他是王彥，聽他的語氣既急躁又苦惱。

「你不舒服嗎？」我關心地問。

「**我**……」王彥吞吞吐吐。

「那箱子呢？」我看他身上沒帶那個黃銅箱子。

「**那個**……」

看他古古怪怪的樣子，我突然醒覺：「我知道了！你和你哥哥串通起來作弄我，是不是**?**」

我伸手去拉扯他臉上的大墨鏡，想看看他葫蘆裏賣什麼藥，怎料，他異常慌張地避開，還匆匆轉身離去，

「**我走了。**」

「等等啊！」我拉住他的右手，他右手的手套隨即被我拉脫。

剎那間，我和王彥兩人都僵住了不動，如同遭受**雷殛**一樣！

我看到王彥的右手，竟然沒有血肉，**只剩下一副手骨**！

第二章

駭人的變異

王彥匆匆開車離去，我卻呆立在門口，完全不懂得如何反應。

我實在是太**驚訝**了，到底發生了什麼事？如果王彥是一個化學或生物學家，那麼他手上的肌肉，有可能是因為實驗時不小心而遭**腐蝕**了，但他卻是一個數學家！

而且，就算他手上的肌肉全被腐蝕了，沒有肌肉、血管、神經線，他的手指骨怎麼還能**活動自如**，甚至可以穿衣服和開車？

我的腦中混亂至極，難道王彥是「骷髏精」、「吸血殭屍」、「科學怪人」**？** 但兩天前他還是一個很正常的人啊！

我努力令自己冷靜下來，並開車追去。這時正下着*毛毛細雨*，馬路濕滑，我卻將車子駛得極快，希望能追上王彥。

到了王彥家樓下，沒發現他的車子。我直衝上了樓梯，他所住的並不是大廈，而是只有幾層高的舊房子。我衝到了門口，急速地按着 **門⊙鈴**，卻沒有人應門。

事情太緊急了，我決定用百合鑰匙開門，進去看看。

我 亮 了屋裏的燈，只見王彥的家裏頗為凌亂。在他的書房內，我發現了那個 黃銅 箱子，此時正打開着蓋子，旁邊還有兩張從電腦打印出來的紙張，分別是整幅拼圖的圖案和指示步驟，顯然是王彥禁不住 **好奇** ，急不及待的按步驟自行打開了箱子。

　　此刻，箱子裏是空的。箱蓋上那九十九塊銅片，已拼成了一幅 **浮 雕** 圖畫。畫的內容十分怪異，是一大群只有骨骼的人和動物，圍住了一個 ✦ 發光 ✦ 的東西，而在地上，有着許多飾物。從那些飾物來看，這箱子應該是印第安民族的藝術品。

那麼，這黃銅箱子很可能是  的遺物！

可是，古印加帝國的物品，又怎麼會在埃及的古廟中被發現呢**？** 歷史上好像沒有提過印加帝國和埃及之間有什麼關係啊。

不過，當務之急還是要先找到王彥，問他到底發生了什麼事。

恰巧，這時大門傳來鑰匙開門的聲音，一定是王彥回來了，我連忙**跑**出去迎接他。

怎料，開門進來的卻是一位二十出頭的美麗少女，我知道她是王彥的女朋友，因為客廳裏放着他們的合照。

我還來不及開口，她已經伸手握住我的左臂，然後利落地將我的身子「**呼**」的一聲**摔飛**過去！

原來她是學過柔術的，我差點陰溝裏翻船，幸好我也受過嚴格的中國武術訓。練，在半空中雙腿一屈，**翻了一個筋斗**，穩穩地着地。

我對她微笑示好，她卻一副準備與我**搏鬥**的姿態，我連忙開口道：「我是王彥的朋友。」

「我不知道他有你這樣的一個朋友。」她的眼神裏充滿**懷疑**。

「剛才他來過我家,但沒有進門就突然走了。他似乎遇到了**古怪**的事,有可能跟我給他的一個黃銅箱子有關。」

她一聽便知道我的身分,立刻**敵意**全消,還主動跟我握手,「原來你就是衛斯理,失敬。我叫燕芬,是王彥的未婚妻。阿彥他因為那個印加帝國遺下的黃銅箱子而出了什麼麻煩?」

「你也肯定那箱子是古印加帝國的遺物?」我感到很**意外**。

燕芬點頭道:「是啊,這並不稀奇。印加帝國是一個有着高度文明的民族,在南美平原上失蹤。雖然神秘**消失**,但是這古國的遺物卻有十分多,不但在南美洲有發現,甚至在墨西哥也有。」

「你對這方面有研究？」我訝異地問。

「我是學歷史的，專注研究印加帝國。」

我馬上**肅然起敬**，與她一起到書房看看那個已被打開的黃銅箱子。

「你可有什麼意見？」我問。

燕芬仔細地看着箱面上那幅由小銅片拼成的圖畫，指着畫中放在地上的一頂頭盔，**疑惑**地說：「這是印加帝國君主的頭盔，至於其餘的飾物，也顯示這裏的幾個人全是印加帝國中的首腦，但是他們為什麼只有**骨骼**？他們是因為什麼而死的呢？」

「你認為他們全是死人？」

我這樣問是因為那些人、獸雖然全是骨骼，卻十分**生動**，有的揚臂，有的昂首，絕無「死」的感覺。

燕芬呆了一呆，說：「我不認為人的肌肉全**消**失了，還能活着。」

「至少王彥的右手是如此。」我終於鼓起勇氣告訴她。

「**這是什麼意思？**」燕芬睜大了眼睛。

我便把看見王彥手骨的經過告訴了她。

燕芬的眼睛睜得更大，後退了兩步，嘴裏喃喃道：「傍晚時分，他給我打過電話，可是他在電話裏**支**支**吾**吾，好像遇到什麼困擾，卻又不想說出來。難道就是這件事情？」

「他可能不想你擔心，所以決定找其他人幫忙。你可知道他會找誰嗎？」

燕芬呆了片刻，說：「他是個**交遊極**少 的人，除了我之外，他和羅蒙諾教授最為相熟，因為羅蒙諾是他研究工作的導師。」

我曾聽過羅蒙諾教授這個名字，他是一位傑出的**＋數學家×÷**，在學術界擁有崇高的地位。

「你有羅蒙諾教授的電話號碼嗎？」我問。

「沒有，不過我曾經和阿彥一起上門拜訪過他。」

我和燕芬凝神對視了片刻，心中有了相同的決定，於是立刻出門。

羅蒙諾教授是住在山上的，下着雨，**斜路**格外難以駕駛。由燕芬指點着路，我終於將車子駛到一棟**巨大**的花園洋房前。

我們連忙下車，着急地按着門鈴。

門口的燈光 **亮起**，一個身形高

大，面色**紅潤**的中年人來為我們開鐵

門，並將手中的傘遞給我們，關懷地說：

「你們沒帶傘嗎？」

我接過了傘，道了謝，燕芬便開口說：「羅蒙諾教授，深夜來打擾你，實在抱歉。」

羅蒙諾卻寬容地說：「你們當然是有**急事**才來的。」

我開門見山地問：「王彥可曾來找過你？」

「你是警察？」羅蒙諾問。

我呆了一呆，「**你為什麼會想到我是警察？**」

「我怕他出了什麼意外。」羅蒙諾解釋說：「因為在**傍晚時分**他曾打電話給我，說有要事來拜訪，可是，等了幾個小時他也沒有來，連電話也接不通。」

「你介意我們進屋子裏和你一起等他嗎？」我冒昧地問。

羅蒙諾臉上掠過一絲**為難**的神色，說：「王彥一向知道我習慣早睡，從來不會在十點後找我，如今都已經是

午夜 ，我相信他不會來了。只怕他遇上了什麼意外，你們還是趕快去其他地方找找他吧。」

羅蒙諾這樣說，我們自然也不便打擾他休息。

由於王彥的 **失蹤** 時間尚短，即使報警也不會受理，於是我們只好在王彥家裏等候，希望他會自己回來。

等了一夜，到天亮的時候，突然有人按 **門鈴** ， 我和燕芬都自然地想起了王彥，難道他忘了帶鑰匙？我們連忙去開門。

怎料，門外站着兩名警察，其中一個問：「王彥是住在這裏的嗎？」

燕芬 \緊張/ 道：「他出了什麼事？」

「你們是他的什麼人？」警察又問。

燕芬吸了一口氣，説：「我是他的未婚妻，這位是我們的好朋友，我們在這裏已經等了他一夜，他並沒有回來。」

那警察的聲音忽然變得十分低沉：「你們要有心理準備，王彥他——很可能已經死了。」

第三章

冷血的殺人王

　　燕芬的聲音在**發抖**：「什麼？」

　　「清晨，在上山頂的公路之下，一個峭壁之上，我們發現了王彥車子的**殘骸**剛好擱在一塊大石上。雖然在車內沒有發現屍體，但從那裏被拋出車外的話，生還的機會率極低。」那警官説。

　　燕芬雙手掩面，哭了起來。

但我覺得事有**蹺蹊**，雖然發現了王彥車子的殘骸，但既然還未找到王彥的屍體，事情還可以有許多可能性，例如開車的人或許不是王彥，甚至在意外發生時，車上根本就沒有人，所以才沒有發現屍體。

燕芬似乎覺得我的話有道理，立刻收起**悲傷**，振作起來，低聲對我説：「我們去看看。」

失事地點剛好是通往羅蒙諾教授那大宅的路，我開車帶着燕芬去查看。**毛毛細雨**從昨天下到現在都沒有停止過，我小心翼翼地駕駛，避免發生同樣的車禍。

燕芬見到此情此境，不禁又悲觀起來，「他一定是去找羅蒙諾教授時，天雨路滑，所以……」

我也覺得這個可能性最**大**，所以也沒有説什麼，心裏卻禁不住想，昨天離開羅蒙諾教授的家之後，如果我們能在路上等着，是不是可以防止這個意外呢**？**

我們到達事發地點後，連忙下車看看，看見幾名警察正站在峭壁邊上，向下指點着。我們循着他們的視線**向下望**，看到了王彥車子的殘骸。

車子的殘骸離我們所站的地方約有五十米，

是一塊**凸出來**的石頭，下面便是陰沉的海水。

車身有一半在大石之外，但因其中一扇車門恰好

勾住了石角，所以車子才沒有跌入海中。

我把目光轉移到出事地點的馬路面

和欄杆，發現路面上完全沒有**煞車**

的痕跡，而且欄杆損毀亦不嚴重，令

我感到十分**可疑**。

沒有煞車痕跡，代表車子當時

並沒有急煞便直接**飛出去**，車速之

高，衝力之大，會令車子直衝大

海，或者在山頭上撞個**稀巴爛**，

而不會像現在那樣，車門勾住石角，車

子擱在半空。

　　所以，我直覺覺得，車子更像是被人**推下去**的，而王彥當時根本不在車子裏。這樣做的目的，或許是有人想製造王彥意外身亡的**假象**。

　　我把我的分析告訴燕芬，燕芬十分認同，可是，王彥沒有跟人結怨，生活圈子狹窄，誰會這樣做呢？而王彥如今又在哪裏？被禁錮着嗎？我們的目光不約而同地落在羅蒙諾的大宅上，總覺得羅蒙諾或許知道些什麼。

此時，恰巧一輛車子從大宅中駛出，在我們面前經過。我看到駕車的正是羅蒙諾教授，便連忙揚手叫道：

「教授！教授！」

羅蒙諾應該是聽到我叫喚的，但他卻沒有停車，還加速駛過。

我頓時覺得羅蒙諾有點 **可疑**，於是決定潛入他的大宅調查。

我和燕芬慢慢地 **向山上走**，繞過羅蒙諾的屋子，到了屋後的山崗上。

「燕小姐，你在這裏等我。」我說。

「你自己一個進去？」燕芬睜大了眼睛。

「請你幫我 **把風**。」

燕芬點點頭表示明白。

她在一塊石上坐了下來，我則攀下山崗，到了羅蒙諾大宅的後面。那裏有一間小小的石屋，大概是儲物室。我

輕易地開了鎖，推門進去。裏面很 **昏暗**，果然是堆放雜物的地方。我穿過許多雜物，走到了另一扇門前，輕輕打開那扇門，發現那是廚房。

我一步跨進了廚房，可是又立即慌忙地縮回腳來，並 **迅速** 將門掩上。因為我看到廚房裏的咖啡壺正在「骨嘟嘟」地冒着 **熱氣**，這表示 **屋子裏有人**！

我將右眼湊到鑰匙孔，窺看廚房的情況。不一會，我看到一個人走進廚房取咖啡，由於鑰匙孔的位置只能看到對方的腰部，我只看得出那人的身形十分粗壯，一定是個 **彪形大漢**。

但最令我震驚的是，那人束着一條白色鱷魚皮帶，而皮帶上的白金扣子鑲滿了一粒粒小紅寶石，並排列成一個「Ⓑ」字。

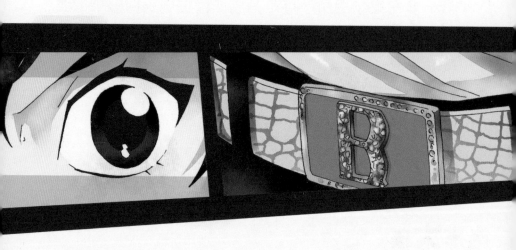

我整個人僵住了，因為我知道這條獨一無二的皮帶的主人，就是令人聞風喪膽的 *冷血殺人王*——勃拉克！

他是一個國籍不明、來歷不明的 *神秘殺手*。他殺人的手法層出不窮、乾淨俐落，許多宗明目張膽的暗殺，

明明是他幹的，警方卻因為找不到任何證據而無可奈何。

他堪稱軍火專家，可以花上幾年時間，研究一件世人難以想像的殺人武器，而且只使用一次，絕不重用，使世人對他的謀殺難以找到任何 線索 。

世界上最瘋狂恐怖的冷血殺手，如今就在我視線可及的地方！

我全身冒着冷汗，悄悄地向後退之際，腳後跟竟踢在一個空鐵桶上，發出了「嘭」的一聲！

我心知不妙，連忙躍到了門的旁邊，那道門「砰」的一聲被打開，我的身子便恰好藏在門後。在那不到十秒鐘的時間，我只聽到一連串「嗤嗤嗤嗤」的聲音，無數縱橫交錯的火光，像是有人放了一個大煙花似的。

那當然不是煙花。

每一道閃光，都是一顆 **子彈** ，聲音 **低** 而速度快，十秒鐘內射出了上百發子彈，我從來未曾聽過有這麼厲害的槍械，這當然又是勃拉克的創作了。

在那十秒鐘內，儲物室裏如有任何人或動物的話，必定 **死絕** 。但我卻僥倖地活着，因為我剛好躲在門旁的「死角」，那裏是子彈所及不到的。

忽然「**啪**」的一聲，從高處掉下來一隻死貓，那死貓身上已中了四五槍之多。

勃拉克究竟是個什麼樣的人，我仍然未能看清楚，只聽到他冷酷地「**哼**」了一聲便關門離開。

那隻死貓可謂解了我的圍，勃拉克一定以為剛才踢到鐵桶發出聲響的只是那隻貓兒。

我禁不住好奇，又俯身向鑰匙孔看去，只看到勃拉克雙手各提着一柄樣子十分奇特的槍，除了兩根槍管以外，其餘的部分，簡直就是一個小型的**機器**，零件組成之複雜，我只能以「嘆為觀止」來形容它。

勃拉克拿起咖啡壺走了出去，我始終看不到他的容貌。

我小心翼翼地撤出大宅，這時天色已近**黃昏**，一直幫我把風的燕芬着急地問：「**怎麼樣？有什麼發現嗎？**」

如今事情已牽涉到殺人王勃拉克，為保燕芬安全，我極力保持冷靜，對她撒了個謊：「沒發現什麼，果然是一棟空屋子。」

我提議先各自回家休息，冷靜一下頭腦，然後再想辦法尋找王彥的下落。她點頭同意，但從眼神中看得出她對我有點**懷疑**。

王彦的手骨是什麼一回事❓他目前是生是死❓殺人王勃拉克為什麼會在羅蒙諾教授的家裏出現❓這一切都來得太突然和複雜，我確實需要一夜時間來整理思緒，想出對策。

到了翌日早上，我首先致電聯絡**「警方秘密工作室」**的負責人傑克，告訴他勃拉克在本地出現，希望他調動精銳警力，準備隨時應付。

接着，我又打了一通電話給王俊，我認為我有必要向他交代其弟弟和黃銅箱子的事。怎料，王俊一聽便哈哈大笑起來：「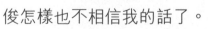……你和阿彥想串通來作弄我，也該創作一個可信一點的故事吧。」

「是真的。」我**嚴肅**地說。

「好吧，好吧，我弟弟變成了**骷髏精** ☠ 是不是？噢，我的天啊！」王俊假裝被嚇倒。

我無言以對，這真是「狼來了」的教訓，平時互相惡作劇太多，如今王俊怎樣也不相信我的話了。

我忽然想到，不如讓燕芬去告訴王俊吧。於是我掛線後，便致電找燕芬。但燕芬的電話竟接不通，令我大感**奇怪**，因為在目前的處境，燕芬必定會讓手機長開，等待着王彥消息的。

「**糟了！**」我有不祥的預感。

第四章

又一次車禍

我想起昨天黃昏從羅蒙諾大宅撤出的時候，燕芬對我所講的話流露出**懷疑**的眼神，依我推斷，她一定是自行到羅蒙諾家中查探了！

我的天啊！當我想像到燕芬可能和殺人王勃拉克碰面，我整個人都快要**瘋**了。我連忙帶着手槍，跳進車子，全速駛去羅蒙諾的大宅。

　　現在已是下午時分，我和燕芬從昨天分開至今已有近二十小時，在這二十小時裏能發生多少事，我實在不敢想像。

　　車子到了大宅門外，我連忙下車，繞過鐵門，越牆**躍**了**進去**，恰巧看到羅蒙諾正在院子裏**踱步**思考。我假設羅蒙諾與勃拉克是一伙的，為安全起見，我二話不説就拔出手槍，抵住羅蒙諾的背部，同時用另一隻手捂住了他的嘴，不讓他發出聲音。

　　「是我，別出聲。」我**低聲**説，同時讓他看到我，使他冷靜下來，我才放開手。

　　「你瘋了嗎？你在幹什麼？」羅蒙諾也低聲説，而且顯得非常驚訝。

「我沒有惡意，只是怕你的同伙會亂來，所以不得不拿你作人質來保命。」

「什麼同伙？你在胡說什麼？」羅蒙諾一副**大惑不解**的樣子。

「別裝蒜了，我們進去再說！」

我用手槍脅持着羅蒙諾進了客廳，一面提防着勃拉克隨時出現，一面質問：「好了，燕小姐在哪裏？」

羅蒙諾怪叫：「**瘋了，你一定是瘋了！**」

我沉聲道：「羅教授，你別再演戲了，殺人王勃拉克就在你這裏！你背後**隱藏**着什麼身分，跟他有什麼骯髒的勾當，我不想管。我只希望你把燕小姐和王彥兩人交出來，如果他們已死了，那我將會替他們報仇！」

羅蒙諾的面色**發青**，「天啊！你是一個幻想小說作者麼？」

他這句話差點令我語塞，我 冷笑 了一聲，說：「我們一起到儲物室去看看，大概就可以明白了！」

「**儲物室**？ 老天，我愈來愈糊塗了，你這瘋子究竟想在我這裏幹什麼？」羅蒙諾由始至終都保持着一臉無辜的表情。

我脅持着他來到了廚房，一切和我昨天所看到的一樣，那隻勃拉克握過的咖啡壺也還在。

我押着羅蒙諾來到通往儲物室的門前，開門往裏面一看，我整個人都呆住了！一隻貓「 喵 」的一聲跳到雜物上，此貓有着**黑白交集**的斑紋，跟昨天身中幾槍、從雜物上跌下的死貓十分相似，但如今這隻貓兒卻活生生地叫着。

除此之外，我還看到了儲物室中的情形，居然一點暴力的痕迹也沒有，沒有 槍洞 ，沒有被破壞的物件，沒

有倒下來的東西，塵埃甚厚，那些雜物就像久未移動過一
樣。

老天，我是在做夢嗎？ 我心裏想。

但我立即鎮定下來。因為我十分肯定昨日的

遭遇絕非**幻覺**，如今事情已經過去近二十個小時

了，有那麼長的時間，將有彈孔的東西換掉，噴

上塵埃，補好牆壁，另外找一隻相似的貓兒，也

並非沒可能。

可是，如果真是這樣的話，那麼羅蒙諾

教授的身分就十分可怕了，是多麼**狡猾**

的老狐狸，才可以演得像他那樣無辜。

「年輕人，這裏就是儲物室了，**你**

想怎麼樣？」

「羅蒙諾教授，我認為王彥和燕

小姐就在你家裏，我要搜查一

遍。」

反正到了這個地步，不把全

屋查看一遍，我是不會死心的。

「我還能拒絕嗎？」羅蒙諾**諷刺**道。

於是我押着他，把全屋上下所有地方都查看過一遍，沒有發現王彥、燕芬或勃拉克。

「滿意了嗎？」羅蒙諾一臉不滿。

「打擾了。」

沒有收穫，我也只好放開他，然後駕車離去。

我一邊開車，一邊思考着自己是否推斷錯誤，羅蒙諾難道真的是無辜的？昨天我看到的勃拉克其實是幻覺？但我的車子告訴我，那個勃拉克並非**幻覺**，而是一個真正的**大混蛋**！

因為我發覺我的車子不尋常地**失控**，似是被人動過手腳，顯然是勃拉克趁我在屋裏搜查的時候做的！

我慌忙拔掉安全帶，打開車門，在車子失控衝出峭壁前，及時**跳出**車外逃生。

車子在峭壁上直墜個**粉身碎骨**，這證明了我早前的推斷沒有錯，車子如果是**高速墜崖**的話，是不會像王彥的車子那樣掛在半空的。

發生了如此嚴重的車禍，我自然被帶到警署錄口供。由於我早前已聯絡過**警方秘密工作室**的傑克，所以，有關方面派傑克親自來接手我的案件。

我在房間裏等候着傑克的時候，接到了

一個來歷不明的電話，我小心翼翼地接聽：「**喂。**」

那邊竟傳來燕芬的聲音：「是我。阿彥我已經找到，事情過去了。」

「**是燕芬嗎？你找到王彥了？**」我喜出望外，「你在哪裏找到他的？他現在怎麼樣？到底發生了什麼事？」

但燕芬的回應非常 冷漠：「衛先生，請你不要把我們的事告訴警方。」

「為什麼？」我 大惑不解 。

燕芬吸了一口氣道：「因為事情已經過去了，不必驚動其他人。」

「**不！**」我斬釘截鐵地說：「你們一定遭遇了什麼事，快告訴我，我可以幫助你們的。」

「衛先生，當我們求求你，讓我們清靜一下，這已是對我們最 **大** 的幫忙了。」燕芬說完便掛了線，我再致電過去也打不通了。

就在這時，傑克來到了，**緊張**地問：「衛斯理，你這宗交通意外是不是跟勃拉克有關？」

我有條不紊地回答：「起初我是因為覺得山頂那宗交通意外有 **可疑**，所以潛入羅蒙諾的家裏查探，結果竟發現勃拉克的 **蹤影**，而當時我也通知了你。」

傑克點點頭確認此事。

我接着説：「至於今天，我是想進一步到羅蒙諾家裏搜查。雖然沒發現什麼線索，可是當我開車離開時，卻發現我的車子被人暗中動過手腳，結果 **失控墜崖**。」

「是勃拉克做的？」傑克緊張地問。

「我覺得很有可能。」

我把事情的經過説了一遍，但只提到羅蒙諾和勃拉克，並沒有提及王彥和燕芬，算是答應了燕芬的要求。

我在離開警署時，向傑克揚了一下手機説：「我剛才收到一個電話，你們可以幫我 **追蹤**對方的位置嗎？」

「沒問題。」傑克爽快答應。

回到家裏，我對整件事又反覆 **思考** 了一遍，如今只知道王彥和燕芬都仍然生還，但是否安全則不得而知了，因為兩人不肯交代事情經過，也不肯現身。

一天，我在家裏無意中看到一本《**原色熱帶魚圖譜**》，其中一幅圖，是一條 **透明** 的貓魚。這條魚，大

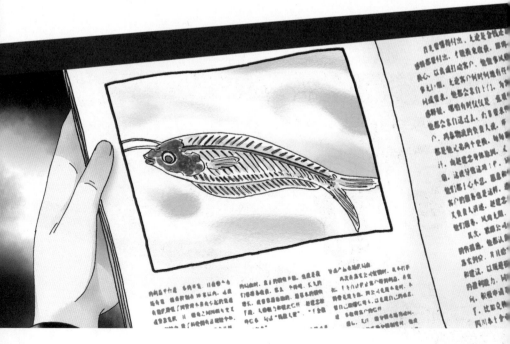

約有七厘米長，似一片柳葉，所有內臟集中在頭部，身子透明，可清楚看到一條長長的 魚骨 。

這種魚並不是什麼珍品，在任何水族館中，只要十來塊錢便可以買到一對了。

望着透明貓魚的魚骨，我忽然 靈 機 一動，想起了王彥的手骨。難道王彥跟這種魚一樣，肌肉其實依然存在，只是不知道什麼原因變成了 透明 ，所以我只見到他的一副手骨？

　　這麼說的話，王彥其實是變了一個 **半透明人**！

　　正想到這裏的時候，傑克突然來電說：「我們查到了，那通電話是用衛星電話打出的， **訊號** 來自一個偏遠荒島的邊緣位置。」

　　「把位置發給我。」我 **緊張** 地說。

　　「嗯。」傑克比我更緊張，「這是不是跟勃拉克有關？」

　　我刻意地笑了笑說：「哈，只是借了我錢的債仔而已。」

　　「這個時候還浪費警力來幫你追債！」傑克 **勃然大怒** ，罵了句髒話便掛了線。

第五章

兩個透明人

我駕駛着我的遊艇前往傑克提供的位置，那裏是一個孤零零的小島邊緣，我發現岸邊停泊了一艘遊艇，艇尾寫着「*Quaternion*」，那是一個數學名詞，中譯叫「**四元數**」。

會用這樣的數學名詞來命名自己的遊艇，船主很可能就是王彥。當然也有可能是羅蒙諾或其他人，只要上船看看便知道。

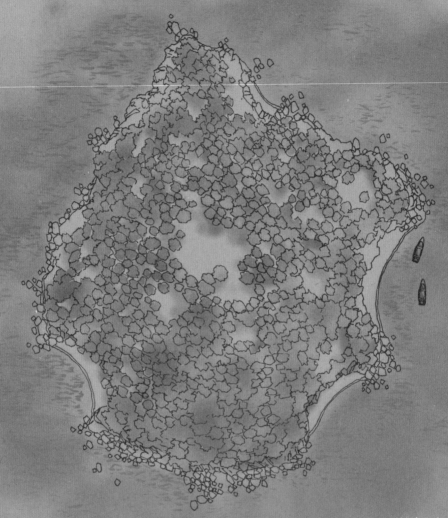

　　我把遊艇也停泊在岸邊，然後上了Quaternion遊艇走

了一圈，發現船上沒有絲毫動靜，似乎無人。那麼，人一

定是在島上了。

我立刻登島  **搜** **索** 。天開始黑，島上十分靜寂，要在深深的灌木叢中找兩個人，絕非容易的事。

我一面走，一面留心地傾聽着，當我來到了島中心的時候，我突然聞到了一陣焦味，那是屬於食物所發出來的焦味！

我立即停住，仔細地辨別那一陣肉焦味的方向，然後再慢慢走過去。不一會，雖然在**漆黑**之中，我也可以看到一個帳幕，支在一道小溪的旁邊。

　　我一見到帳幕，心中便不由得**緊張**起來，遊艇的主人是誰，馬上就要揭曉了。

　　我慢慢地走近帳幕，在我伸手就可以碰到帳幕**粗糙**的帆布之際，我聽到內裏傳出一把聲音說：「芬，你在想什麼？」

　　那是王彥的聲音！而且，從他的話便知道，燕芬也在帳幕裏。

　　我本來想走進帳幕跟他們打個招呼，但因為聽到燕芬的回答很有趣，我不想**打斷**他們的話題，於是就在帳幕外駐足傾聽。

　　她說：「我在想，我已經解開了歷史上一個 **大謎題** 。」

　　「是什麼大謎題？」王彥感到好奇，我也是。

　　燕芬的語氣竟然變得有點 **興奮**：「南美平原上，印第安人中的一族，組成了印加帝國，那是當時世上最文明的古國，可是後來，這個古國的所有人全都不見了，只留下精緻的 **廢墟** ，給人憑弔，至今仍沒有人能研究出是什麼原因使這個文明古國 **突然消失**。」

　　「那你說是為什麼呢？」王彥問。

　　「那還用說麼？你看看你自己。」

　　王彥竟忽然大笑起來，「**哈哈** …… 你是說印加帝國其實並沒有消失，只是他們所有人都變成了 **隱形人**，

大家看不見而已？哈哈……太好笑了。」

「不！」燕芬解釋道：「古代人特別迷信，遇到了這樣的事，其驚駭程度可想而知。有部分人一定以為那是**世界末日**來了，也有部分人看成是**邪靈💀附身**，受到**魔鬼詛咒**等等，他們都受不住刺激而自殺了。」

「也不會全部集體自殺吧？」王彥的語氣馬上嚴肅起來，他覺得那是一件非常可悲的事。

「當然，也有一些人沒有自殺的，但試想想，當每個人彼此都看不見對方的話，會引起多少問題**？**大家會敵我難分，找不到自己的朋友，還要時刻擔心被人暗算，整個群體自然會**瓦解**。」

我一面聽，也一面冒着冷汗。

「還有，當大家互相看不見的時候，男男女女如何邂逅？如何異性相吸，繁衍後代？」

王彥接着她的話說下去：「久而久之，整個民族便慢慢絕迹於地球了。」

說到這裏，突然一片靜默，氣氛**沉重**。

「可惜那東西不在了。」燕芬說。

是什麼東西？ 我真有衝動要闖進去問她。

「嗯。」王彥附和說：「現在想來，如果被那東西照射久一點的話，或許可以完全變成**隱形**，總比現在**半透明**好。」

聽到這裏，我至少知道，他們所說的東西是會**發光**的，而且也證實了我的猜想，王彥並非變了骷髏精，他的肉身依然存在，只是變成透明看不見而已，這是被那東西發出的光芒照射過的結果。

「我睡不着，想看一會書。」燕芬説。

然後，帳幕裏突然亮起了燈光，**嚇了我一跳**。

就在我將眼睛湊到帳幕的一道縫上，想看看他們目前的狀況時，**我驚嚇得幾乎大叫起來！**

因為我看到的，是兩具完整的白骨，一具坐着看書，一具站着剛開了燈。

我可以從盆骨構造的不同，分辨出他們的性別來，坐在地上的那具是女的，那自然是燕芬，而站着的那具便是王彥了。

我感到十分驚訝，沒想到原來燕芬也變得跟王彥一樣，這到底是怎麼一回事啊 **?**

「芬，你覺得我們應該去教授家裏取回那東西嗎？」王彥說。

燕芬沉默了一會，忽然丟下書本，站起來與王彥擁抱，從她 **急速** 的動作，可以推斷她此時帶着一點激動的情緒。

他們相擁時，並非兩副白骨直接 **觸碰**，而是保持着一定距離，那中間當然就是他們的肌肉，只是變了 **透明** 而已。

「那個勃拉克，你還想再碰見他嗎？」燕芬反問。

原來那發光的東西目前在羅蒙諾家裏，而且王彥和燕芬都已經遇過殺人王勃拉克了，他們給我的驚駭真是 **一浪接一浪** 啊！

「我們留在這裏，還可以一起生活；但遇上那個勃拉克的話，恐怕來生才有機會再見了。」燕芬説。

王彥和應：「對，船上的食物足夠我們食用一個月，這段時間我們好好相處，先仔細思考一下，再作決定。」

從他們骨骼的姿態推斷，此刻他們正在 熱吻 着。我也不便打擾他們，於是靜悄悄地離開。

因為我想起那本書提到 透明魚 有着一種強烈的自我恐懼感，若是和其他魚類養在一起，一定會遠離魚群。我認為王彥和燕芬如今的情況也一樣。

而且，他們剛才還能有講有笑，證明這裏的環境對他們來説就是最舒服合適的，所以我決定不現身，不破壞他們的淨土，倒不如回去想想辦法，幫他們解決身體變透明的問題。

　　我離開了小島，把遊艇駛回碼頭的時候，發現傑克竟在碼頭上等着我。

　　我才一下船，他便 **怒氣沖沖** 地上前問：「衛斯理，追債成功了嗎？」

　　我微笑着點點頭，「追到了。」

　　傑克卻忽然大發雷霆，指着我大罵：「**你殺死我們一個情報員了！**」

第六章

情報員之死

「**此話怎講？**」我驚訝地問。

「我們工作組裏，其中一個最優秀的情報員，昨天因為調查勃拉克的行蹤，從一座大廈的天台失足墮下死亡！」傑克激動地說。

我既吃驚又難過，可是想了一想，不解地問：「為什麼說我殺死了他？」

「若不是花了精神幫你追蹤債仔，他會這樣大意失足墮樓嗎？」傑克怪責道。此事顯然與我無關，傑克只是遷怒於我，拿我來做代罪羔羊。

我氣憤地反駁：「兩件事怎可混為一談？你這分明是推卸責任，讓我背黑鍋！」

「你持有國際警方的特殊證件，遇到勃拉克這樣嚴重的案子，不但沒有全力參與我們的行動，還只顧着追債，你覺得自己真的沒有責任嗎？」

「我把我所知道有關勃拉克的情報告訴了你，已盡了普通市民的本分。」我毫不客氣地説：「至於 *追* **蹤** 和逮捕他，是你們的責任。而行動失敗，導致人命傷亡，就是你領導不周。」

「衛斯理，你可不是普通市民啊。」他睜大眼睛瞪着我説：「想 *將功* **補過** 的話，你就立刻放下一切，加入我們的工作組，**一起對付勃拉克！**」

我開始明白他的意圖了，除了發洩情緒之外，他還想藉機**威逼**我加入他們。

本來他禮貌地邀請我的話，我或會答應，但如今卻用這種無賴的方法來逼我就範，所以我毫不猶豫地拒絕：「對不起，我還有很多私事要辦，沒空閒參與你們的**大事**。而且，我也不想成為你『英明』領導下的第二個犧牲者。」

傑克**暴跳如雷**，但我不理他，跟他擦身而過，逕自回家。

回到家裏，我開始為王彥和燕芬的事想辦法。目前最關鍵的，就是那個會發出光芒，使人變成透明的東西。據王彥和燕芬的對話所講，如今那東西正在羅蒙諾那裏。

因為想知道羅蒙諾教授到底是一個怎麼樣的人，我特意上網搜尋他的資料，沒發現異常之處，與我所知的一樣，他是一位國際知名的數學家，從來沒有跟任何罪案或罪犯扯上絲毫關係。

但我查看他的社交媒體時，得知了他最新的行蹤，原來他剛剛出發到埃及進行學術考察。

　　這實在是太巧合了，雖然王彥沒有明說，但那 **發光** 物體應該就是藏在那黃銅箱子裏的東西，而黃銅箱子是在埃及找到的，如今羅蒙諾又忽然前往埃及，令我不得不懷疑，他此行與那發光物體有關。但他到底想在埃及得到些什麼，我一時間卻不敢肯定。

　　就在這時候，我看到書房的門柄正慢慢地 **旋轉著**。

　　我和白素那時還未結婚，家裏只有我和管家老蔡，但老蔡是絕不會不敲門便自行開門進來的。

我覺得事有蹊蹺，連忙閃到門旁去，並用特別的手法推開了牆壁上的 **暗門** ，那道暗門可以通往我的臥室，而且暗門上還有一個十分巧妙的玻璃窗，使我可以清楚看到書房裏的一切，但從書房那邊看過來，那只不過是一道牆壁，沒有人會察覺到玻璃窗的存在。

我迅速 **躲進** 暗門裏，監視着書房內的一切。與此同時，書房的門打開來了。

可是，門外竟然沒有人！

是風嗎？但什麼風的力道可以扭開門柄呢？

難道是 鬼 ？ 我卻不太相信世上有鬼。

然而，就在這時候，書房的門突然以極快的速度「**砰**」地關上，就像有人用力地將門關上一樣，但是，我絕對看不到有什麼人！

　　門被關上後，書房裏什麼動靜也沒有，我屏住了氣息，心中不由自主地想，難道那真的只是一陣 **怪風** 麼？

　　但這個想法立即被我眼前所見的景象推翻，怪風能夠令我的椅子坐墊 **陷了下去**，完全不會回彈起來嗎？

　　這分明就是有人坐了在我的椅子上。**正確來說，是一個我看不見的人！**

第七章

看不見的敵人

　　在我的書房中，有一個隱形人。不，究竟是否只有一個，我也難以肯定，或許書房裏已擠滿了人，只是我看不見而已！

　　此時，書桌上的開信刀忽然浮起，刀尖向上，就好像一個人緊緊地握着刀，準備隨時向目標刺一刀的樣子。

　　我在暗門後默默地觀察，那隱形人似乎握着刀站了起來，刀子懸浮在頗高的位置，就像一個殺手提起刀子，準備殺人一樣。從刀子的高度可判斷此人身材相當高大。

那刀子在書房裏遊走了一圈，所到之處，一切櫃門、窗簾、通往陽台的門等等，都自動 **打**開 或被 **掀**開，顯然是隱形人正在搜尋他要刺殺的目標。

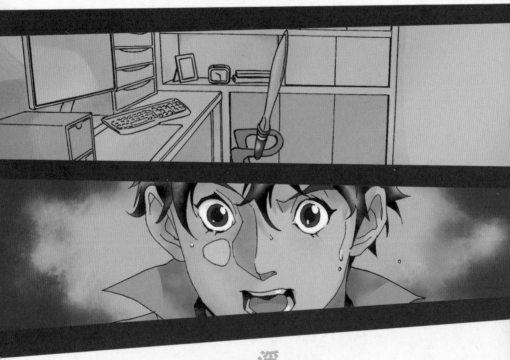

此時，那刀子終於 *飄浮* 到暗門的前面，就在我的眼前，相距不足半米，這表示隱形人就站在我的面前！

　　我不由得全身冒起冷汗來，對方是來刺殺我的嗎？他會發現暗門，把我幹掉嗎？

　　幸好，暗門沒有被發現，那開信刀 **飄回** 到書桌上去。同時，我看到椅子坐墊又 **凹陷** 了下去，隨即一張紙自動移動過去，鋼筆豎起，在紙上簌簌地移動着，那隱形人正在書寫着什麼。

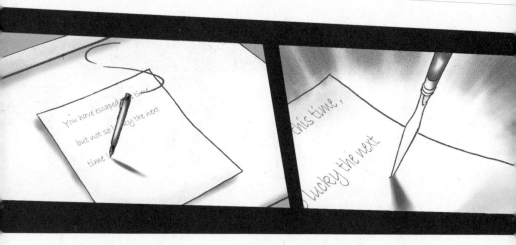

　　寫完了，鋼筆倒下，開信刀隨即又飛了起來，「**啪**」的一聲穿過信紙，插在桌上，刀柄還在 **抖動**。由此可見，這隱形人的腕力大得驚人。

接着，我便看到書房的門被打開來，又「砰」地關上。

等了好幾分鐘，書房裏再沒有任何動靜，我確信隱形人真的已經離開了，才敢從 暗門 中走出來。

我連忙走過去看看桌上那張紙，紙上的字，令我觸目驚心。

「你逃得過這一次，絕對逃不過下一次了！」 紙上用英文這樣寫着，沒有稱呼，沒有署名，卻充滿了殺氣！

我腦中湧現一個猜想，隨即慌忙地拔起開信刀，並將紙折好放入袋中，然後拿起手機致電傑克。

「是傑克中校嗎？我是衛斯理。」

「什麼事？」傑克的態度非常惡劣。

「你準備好有關勃拉克的資料，我立即來。」

「浪子終於回頭了，歡迎！」 傑克的語氣即時作出了一百八十度的改變。

秘密工作室 的總部在一座商業大廈的頂樓，門口的招牌是一家進出口公司，確實非常 **隱秘**。我推開了看似普通，卻是世界上最好的防彈玻璃門進去，前台的「職員」便迎上來說：「老闆在等你。」

「老闆」自然是傑克中校的代號了。我沒有多說什麼，跟着她來到一排文件櫃面前。只見她輕輕一推，便將文件櫃推了開來，現出一道 暗門 ，再輸入一串密碼，那扇暗門便打了開來，我

已見到傑克在一張 巨大 的寫字枱後站了起來。我走進去，那「職員」便退下，暗門亦 無聲 🔇 地關閉。

傑克張開雙臂作歡迎狀，但未等他開口，我已從袋中取出那張紙問：「你們這裏有勃拉克的 筆迹 嗎？」

傑克點了點頭，「有，是歐洲那邊的警方搜集到的，都是勃拉克寫給一個女子的幾封情書。」

我打開那張紙讓他看，「那麼，這兩句話是誰的筆迹？」

傑克一看便大叫：「**勃拉克！**我一眼就可以看出來了！」

我的猜想沒有錯，那個闖入我書房的**隱形人**，就是殺人王勃拉克！

勃拉克本來就是個極度危險的人物，如今更變成了隱形人，危險程度增加了豈止一萬倍？那簡直就是 **魔鬼** 了！

「這張紙你是如何得到的？」傑克着急地問。

「他也給我寫情書了。」我苦笑着説。

「恐怕是你自作多情了，我看這字裏行間並沒有愛意，只有 **殺氣**。」沒想到傑克也有幽默的一面，我頓時對他有點改觀。

於是，我便把剛才在書房裏遇到的 **怪事** 告訴了他，他目瞪口呆，卻又好像恍然大悟的樣子，「你知道那情報員在殉職前留下了什麼話嗎？」

「是什麼？」

傑克把情報員死前的錄音向我播放：「**我覺得有人在跟着我⋯⋯但是我卻看不到他⋯⋯**

他離我極近，我甚至可以感到他的氣息……啊！是誰推我……」

接着便是一聲墮地的巨響，我和傑克聽到了，依然禁不住悲傷。

我盡力收拾心情，總結道：「加上這段錄音，事情已經很清楚了，勃拉克變成了隱形人！」

傑克感到難以置信，「怎可能發生這種事？他是怎樣變成隱形的？至少也能看到他的眼珠吧？如果光線連他的眼球也能穿過，他如何能看到東西啊？」

為了幫王彥和燕芬保守秘密，我只能對傑克說：「我也想不通，或許這跟現代科學無關，而是來自數千年前遺留下來的神秘力量。」

「天啊，這個時候你又來創作科幻小說！」

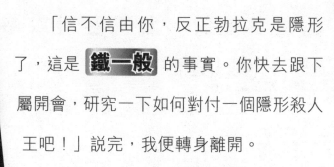

「信不信由你，反正勃拉克是隱形了，這是 鐵一般 的事實。你快去跟下屬開會，研究一下如何對付一個隱形殺人王吧！」說完，我便轉身離開。

「喂！你不是來加入我們的嗎？」傑克激動地伸手想拉住我，可是「啪」的一聲，他的手碰到了一樣什麼東西。

然而，我和他之間就只隔着空氣，沒看到有任何東西存在。

傑克面也**青**了，怪叫了一聲，慌忙後退兩步，隨手抓起一瓶藍色墨水，**向前潑了出去**。可是，墨水並沒有潑中勃拉克，卻全灑在我身上，這時到我怪叫了：「**你是在公報私仇嗎？**」

「就當是對你的懲罰！」傑克說。

我明白他的意思，勃拉克顯然是一直跟着我，才會來到這裏的，我太大意了。

傑克**迅速**拔槍，而我則舉起了一張椅子，嚴陣以待。

雖然看不見勃拉克，但我們漸漸鎮定下來，因為我們知道，勃拉克身上沒有武器。如果他帶着武器的話，我們自然會看見一柄**懸空**遊蕩着的槍了。

徒手肉搏的話，我絕不怕勃拉克，因為我受過嚴格的中國武術訓練。

　　我感覺到左面有微風掠過，立刻將手中的椅子用力擲過去，椅子卻在半空中停住，然後**裂開**成兩半，那當然是被勃拉克強壯的雙臂所撕開的。

　　傑克也不怠慢，連忙向着那個方向開槍，我慌忙**閃身**躲到茶几底去，以免殃及池魚。

　　此時，傑克的下屬因為聽到槍聲，緊張地推門進來查看，卻差點成了槍下冤魂。

　　「**別開門！**」我和傑克異口同聲地喝止。

那情報員腦海一片混亂，只見他的身體好像被什麼東西撞了一下，那顯然是勃拉克逃走時撞開了他。

他聽從指示關門的時候，我和傑克又異口同聲地喝止：「**別關門！**」

我和傑克跑到門口，那情報員被我們弄瘋了，他把門 **半開** 着，戰戰兢兢地問：「到底是要開門，還是關門？」

我和傑克交換了一個眼神，彼此都知道不用去追了，要追也追不到，因為我們根本看不見 **目標** ◎。

「算了。」傑克嘆了一口氣。

「你們查到勃拉克這次東來的目的是什麼嗎？」我問他。

「東南亞某國元首將會來訪，情報顯示，勃拉克已收了天文數字的酬金，準備要**暗殺**他。」

傑克說出如此驚人的情報後，等待着我的反應。

我**皺了皺眉**，望着身上的墨水說：「你們這裏有淋浴間嗎？」

第八章

變透明的經過

　　冷血殺人王勃拉克竟變成了隱形人，而且此事還涉及一國元首的性命安危，事態嚴重，我決定再去那小島，向王彥和燕芬問個究竟。

我在警方秘密工作室的總部洗乾淨身上的 **墨水** 後，換了一套清潔工的制服，推着垃圾桶從大廈的後門離開，以確保勃拉克無法認出和跟蹤我。

我不開自己的遊艇，而是幾經 **轉折**，借來了一艘快艇前往那小島。

我怕直接現身會嚇壞他們，所以預先寫了一張字條，當來到帳幕旁邊時，便把字條搓成紙團，悄悄從 **縫 隙** 塞進去，希望他們能發現。

字條的內容大致是告訴他們我早前來過這裏，已知道他們的事，叫他們不必害怕，不用緊張，希望他們願意和我見面交談。

我聽到翻開紙團的聲音，相信他們已經看到我的字條了。

沒多久，帳幕裏便傳出王彥的聲音：「**你進來吧。**」

聞言，我便掀開帳幕的門簾，彎身鑽進去。

「**噢！**」兩副白骨發出了詫異的叫聲。

我看看自己的衣著，一定是我這身清潔工制服出乎他們的意料。

「兩位，現在事情的發展愈來愈不妙了，所以我不得不向你們查詢一些事情。」

「發生什麼事了？」燕芬問。

於是，我便把勃拉克的殺人王身分，他變了**隱形人**，

他將要 **暗殺** 某國元首，還有羅蒙諾已前往埃及等事情，一五一十地告訴他們。

「沒想到事情已牽連到這麼廣。」王彥慨嘆。

「所以，請你們把整件事的 **來龍去脈** 告訴我，這樣我才可以想辦法去解決。」我懇求道。

「那就由我先說吧，畢竟事情是先在我身上發生的。」王彥敘述說：「當日電腦運算出拼圖結果後，我便打電話通知你，當時你叫我盡快把結果和 **黃銅** 箱子交回給你。

可是掛線後，我又按捺不住**好奇**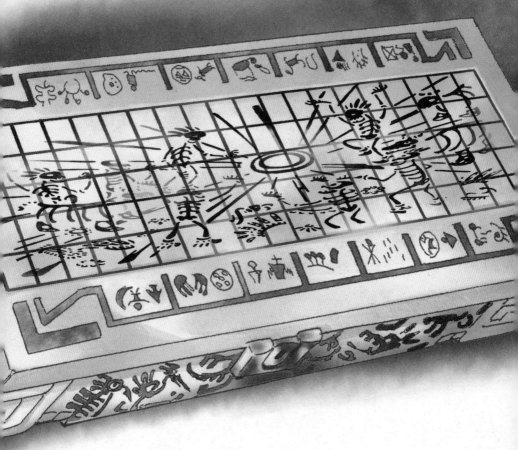，於是依照着電腦運算出的步驟，先把圖拼好，並解開了那個鎖。」

我點點頭，「嗯，果然是這樣，那麼當你打開箱子後，看到了什麼？」

「我才一揭開箱蓋，眼前便閃耀着一陣白色光芒，將我全身都罩住了。我看到箱子裏放着一塊拳頭大小的礦物，光芒就是從那塊礦物放射出來的。」

「那是什麼礦物？」我問。

「我不清楚，我拿起它，發覺它十分輕，當時我擔心輻射 ☢ 會影響身體，於是連忙將它放回箱子去。可就在我放回那礦物之際，我看到自己的手，還有身體……變成了現在這樣 **！**」

説到這裏，王彥仍不免有點**激動**，我也嘆了一口氣。

王彥繼續説：「當時我費了許多時間才冷靜下來。我找了一個細小的金屬盒子，將那礦物放進去，然後穿上衣服，戴上墨鏡、手套等等，將我全身都**遮掩**了起來，然後開車去找你。」

「那你為什麼不把事情告訴我就走了？」

「因為你一定會以為是我**串通**哥哥來作弄你。我怕説出來你也不信，以你的性格，一定會不顧後果地把礦石拿出來看看的。我不想連累你，所以便直接離開，只是沒想到不小心被你看到了我的**手骨**。

「我決定找一個辦事小心謹慎的人去求助，於是就想到了羅蒙諾教授。但沒料到竟在教授家裏遇上陌生的勃拉克，他發現我的身體**透明**，便抓住我，逼我説出變得透明的方法。我知道他不是什麼好人，便胡説一通，不肯把真相告訴他，結果他把我**禁錮**起來。」

聽了王彥的敘述，我也恍然大悟，「他們打算長期禁錮着你，所以就把你的車子 **推下峭壁**，造成你意外身亡的假象。」

「接下來的事情，就由我來說吧。」燕芬這時開口，「那天你潛入羅蒙諾家，出來時，我看到你面上 **神色有異**，已猜到你在大宅裏一定是遇到了什麼出奇的事。所以我和你一分手，就自己潛入去看看。」

「可是殺人王勃拉克在啊！」 我現在想起來也觸目驚心。

「不錯，我一進去就被人在背後以槍抵住，我聽到羅蒙諾的聲音說我是王彥的未婚妻，那人便笑了笑，說我來得正好，叫我好好勸未婚夫講出身體 **變透明** 的秘密。他把我推進一個密室，與阿彥囚禁在一起。」

「那密室很 **暗** ，我看不見阿彥，卻聽到他喘着大氣的聲音，我想去看看他，他卻躲避我，結果在糾纏之下，他衣袋裏的一個小盒子跌了出來，盒子跌到地上打開，發出一陣強烈的 **白光** ，而我也因此看清楚他的情況了。」

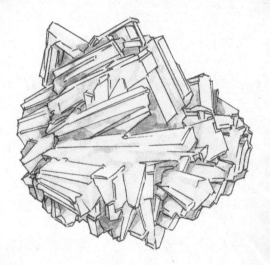

「於是，你也——」我低聲問。

燕芬苦笑了一下，「是的，**於是我也變得和他一樣。**」

「那麼勃拉克——」我接着問。

「他大概是聽到密室裏的聲音，覺得有古怪，於是便開門進來看看。」

　　燕芬説到這裏，我已能猜到接下來的情形，「**你用柔術摔了他！**」

　　「對。我將他摔進了密室，然後我們趁機逃出，並將他反鎖在密室之中。我們逃出大宅後，便到了海邊，利用阿彥的遊艇，來到了這個**荒島**上。」

　　「而勃拉克因為被反鎖在密室裏，受礦石的**光芒**照射了很久，所以變成完全**隱形**。」我推斷道。

　　「估計是了。」燕芬説。

　　「衛斯理，現在你已經知道了一切，你能不能為我們想想辦法，令我們恢復原狀？」王彥着急地問。

　　我邊想邊説：「從他們手上搶回那塊礦石，把你們照射成完全隱形的話，還比較容易。但要恢復原狀的話，按目前我們所知的資料，恐怕還不足夠，除非……」

　　「**除非去一趟埃及！**」燕芬説。

我報以微笑，因為這也正是我的想法。

燕芬解釋道：「這幾天我一直在思考那黃銅箱子的事，想出了一個推論。那就是，幾千年前，古印加民族在機緣巧合下發現了那礦石，使全族人變成了 半透明 或 隱形人，大部分人因此巨變而死亡。但有小部分人卻帶着那礦石四處尋找復原的方法，不知怎地竟來到了埃及，所以那礦石便留在埃及了。」

「但他們找到復原的方法嗎？」王彥問。

「不知道。」燕芬説。

我接着道：「所以要去一趟埃及，到發現黃銅箱子的古廟去看看，或許會有 線索 。我相信這也是羅蒙諾教授去埃及的原因。能變成 隱形 的方法他已經有了，此行去埃及自然就是想尋找復原的方法，如果讓他和勃拉克同時掌握隱身和現身的方法，那麼要説世界是屬於他們的，也不算誇張。」

我拿出衛星電話，遞給了王彥。

「幹什麼？」王彥感到 **莫名其妙**。

「我曾經把你的事告訴你哥哥，但他不相信。所以我想你親口告訴他，讓他知道 **事態嚴重**，請他安排一切，帶我去那古廟看看。」

王彥接過衛星電話，撥打給王俊，**焦慮**地説：「哥哥，衛斯理太愚笨了，怎樣也打不開那個黃銅箱子。」

我聞言瞪大了眼睛，只見他繼續説：「我看他的情緒快要 **崩潰** 了，若不能親手打開箱子的話，肯定會抑鬱而死的。不如你就帶他去發現箱子的古廟，看看有沒有記載 **打開** 箱子的方法吧。」

雖然我聽不到王俊的回答，但我肯定他正在另一頭哈哈大笑着。

王彥掛線後說：「哥哥答應了。」

我一臉無奈地看着王彥的頭骨，實在也不忍心怪責他，我明白他是不想哥哥擔心，所以才撒謊。我惟有在王俊面前 *認輸* 一次好了。

離開小島後，我吩咐管家老蔡定期去為王彥的遊艇補給食物和日用品。

同時，我又到王彥家裏取了那個黃銅箱子，並隨手把一個拳頭大小的**米奇老鼠** 🐭 塑膠玩具放了進去，蓋好，再將那九十九格銅片的圖案 *打亂*，箱子便重新鎖上了。我帶着它出發到埃及去。

第九章

蘇拉神廟中的祭室

到了埃及，我步出海關檢查處，便看到了王俊，他向我招手，面上的神情十分高興。

我看到他身後站着一個身材十分矮小，面目黝黑，頭部和身子的比例很不相稱的男人。那人大約只有一米半高，穿着一套顯然不稱身的衣服，兩手正在不斷地搓着手中的帽子。

王俊連忙把我介紹給那人：「我來介紹，這位就是我的好朋友——手下敗將！」

王俊故意把「手下敗將」用英語拼音説出，聽起來就像一個日本人的名字。

那人用英語好奇地問：「● 日本人❓」

王俊隨即大笑起來。

我認真地跟那人握手，自我介紹：**「我叫衛斯理，從香港來的。」**

那人自豪地介紹自己：「我叫索帕米契勃奧依格，是索帕族最後一代的酋長。」

我聽了不禁皺眉，我從來也沒有聽過埃及有一個民族叫「**索帕族**」，也未曾聽到過一個埃及人的名字，竟會有那麼長的發音。

王俊看出我的疑惑，解釋道：「他説他名字的意思是：索帕族，米契勃奧峰上的**雄鷹**。」

那人頻頻點頭，「衛先生，你叫我依格好了，我當你們是朋友，才讓你們這樣稱呼我的。」

上了王俊為我們準備的汽車，我們開始交談，我好奇地問：「依格先生，你們索帕族是什麼民族？」

依格帶着 **悲哀** 的神情說：「我只知道我們索帕族曾經擁有無數的財產，**廣闊碧綠** 的平原，秀麗無比的山峰。不過我出世的時候，族中就只剩下七個人，而我十六歲那年，其餘六個族人也相繼 **離世**。如今，整個索帕族就只剩下我和那件東西了。」

「那個黃銅箱子？」我問。

「對啊。」王俊插口說：「你沒有毀壞它吧？」

提到那箱子，依格便 **緊張** 地問：「衛先生，你成功打開那箱子了嗎？」

我從手提旅行袋裏取出那個黃銅箱子，交回給依格，依格看見箱子依舊 **鎖**  **着**，十分失望，但王俊卻高興地笑。

依格帶點不滿地問王俊：「你不是説你這個朋友很聰明，只比你差一點點，只要給他一些 **時間** ，就可以把箱子打開嗎？」

我對「只比你差一點點」這句話感到非常氣憤。

王俊忍着笑，向依格解釋：「對不起，我高估了他的智商。」

若不是有旁人在，我已經把王俊的身體 **扭成球** 了，我只好用言語暗諷：「既然王俊先生的智商那麼高，為什麼不讓他來打開箱子？」

「他説他工作忙啊。」依格一臉無奈的樣子。

「他不是忙，是怕自己打不開箱子會出醜。」我安慰

依格説：「但你不用 **灰心**，我來這裏就是要幫你打開這箱子的。」

「真的？你有辦法？」 依格着急地問。

「嗯，但請先把事情的經過告訴我。」我説。

「根據我們族中的傳説……」

依格一開口講長篇大論的傳説，王俊便忍不住打斷他：「還是由我來簡單説明吧。不知從哪天開始，依格便在我們工地上出現，他逢人便説，在 **蘇拉神廟** 中，有着他們索帕族專用的七間祭室，其他人是不准進去的。他聽説古廟將會因水利工程而 **淹沒**，便四處求人陪他進去那七間祭室中，取出一件他們族中遺下的東西。」

我明白依格的心情，索帕族就只剩下他一個人，萬一

他遇上什麼不測，又沒有兒女的話，索帕族從此就會在地

球上完全消失了。所以，他希望把那索帕族遺下的東西

從古廟裏取出來，至少可以為索帕族的存在留下一點證據。

「於是你陪他去了？」我問王俊。

王俊點點頭，「相信他的人本來就不多，而肯通過那

條滿是 咒語 的隧道的人，更是絕無僅有，還是我最

有 **好奇**心 和最不怕古代咒語，所以就和他去了，拿到

了這個黃銅箱子。」

王俊一邊説，依格便一邊低着頭，嘗試解開那個拼圖鎖。

我真擔心萬一他碰巧把鎖解開了，卻發現裏面是隻**米奇老鼠**，會有什麼反應。

依格突然拉住我的手，懇求道：**「衛先生，你一定要幫我打開這箱子啊。」**

王俊揶揄道：「依格，你別逼他了，會把他逼瘋的。」

我沒理會王俊。

此刻，我真想告訴依格，箱子裏的東西已被羅蒙諾和勃拉克拿走了，但告訴他真相並非好事，難道讓他去找殺人王勃拉克取回嗎？到時索帕族就真的要**滅絕**了。

這時候，王俊說了一句令我震驚的話：「依格，你不是說箱子裏藏着一個**看不見的魔鬼**嗎？你還要打開來幹什麼？想讓魔鬼吃了我們？」

王俊語帶譏諷，顯然是不相信依格的話。但我聽到「看不見的魔鬼」便心頭一**震**，因為這句話正好跟王彥和燕芬身上發生的事吻合。

「不管是魔鬼還是什麼，這是我們索帕族唯一留下的東西了。」依格**激動**地說。

我連忙安慰他：「別擔心，請帶我去發現箱子的地方看看，說不定能發現更多索帕族遺留下來的東西呢。」

　　我在酒店休息了一晚，第二天，王俊安排我們坐一架水利部的 **小型飛機** 前往工地。

　　王俊帶我們進入機艙，發現機艙裏已有兩人坐在前面的座位，其中一個戴着埃及圓帽，但我 **看不到** 他們的臉。

　　王俊告訴我：「那個戴埃及圓帽的人，是水利部專門招待 **貴賓** 的官員，而在他旁邊的，一定是什麼重要人物了。」

　　我順口應道：「是嗎？」

飛機起飛後，王俊便滔滔不絕地跟我和依格聊天，他在依格面前不停拿我來開玩笑，說「**手下敗將**」就是我的外號。我真想打開機門，一腳把他**踢下去**。

也許是我們的嬉笑聲大了一些，令到前面那兩個人同時轉過頭來。

那個戴帽的埃及人很快就轉回頭去，但他身邊的那個人，卻仍然瞪着我。

而我也瞪着他發呆。

王俊好奇地問：「怎麼了，這個人你認識的？」

我沒有回答王俊，只是欠了欠身，提高戒備，沉聲道：「**羅蒙諾教授，幸會，幸會！**」

第十章

死亡 沙漠之旅

　　羅蒙諾教授在埃及，我是早已知道的，但萬萬沒料到會和他在這小飛機中相遇！

　　我身旁的王俊還不知道事情的嚴重性，歡喜萬分地站了起來，「原來是大名鼎鼎的羅蒙諾教授。能夠遇上你真是太榮幸了，我弟弟是你的學生。」

羅蒙諾望了望我，又望了望王俊，最後卻將目光停留在依格身上。

「**你就是依格？**」

依格點點頭，「是。你好，你認識我？」

旁邊那個官員向依格解釋道：「羅蒙諾教授想請你帶他去那七間 **秘密** 祭室。」

依格連忙搖頭，「對不起，我已答應了帶衛先生去。」

羅蒙諾 冷笑 了一下，「那我們一齊去吧。」

依格也看出羅蒙諾態度不友善，便婉拒道：「對不起，那裏不是旅遊景點，我帶衛先生去，是有很重要的事情。」

「是嗎？」羅蒙諾忽然站起身走過來，「但衛先生應該不會去了。」

他邊説邊拔出一把手槍，指向我。

「**噢！**」大家都**嚇**了一**跳**。

此時，只有那官員微仰着頭，口角**流**涎，正睡得很沉。當然他不是真的睡着了，因為我留意到羅蒙諾離座時向他扎了一針，估計是麻醉藥。羅蒙諾這樣做，表示他不想那官員看到他的真面目，破壞他的名聲。

「**你是壞人！**」依格直率地叫了出來。

我氣定神閒地説：「別擔心，教授不會開槍的，因為槍聲會驚動飛機師。」

羅蒙諾**陰險**地笑了起來，「不錯，所以我盡可能也不會開槍。」

他把槍頭指向王俊，命令道：「**去將機門打開！**」

「什麼？」王俊嚇得渾身**顫抖**。

「**我叫你打開機門！**」羅蒙諾作勢要開槍的樣子。

「別怕，他不會開槍的。」我再次強調。

　　但王俊的信念沒有我那麼強，他不敢違背羅蒙諾的旨意，真的把機門打開了，一股**旋風**立即撲進機艙來，幾乎將我和王俊**捲了出去**，因為我和他的位置最靠近機門。

　　羅蒙諾冷冷地說：「好了，你們兩個跳下去！」

　　「**跳下去？不！會死的！**」王俊害怕得大聲尖叫。

　　我沉聲道：「教授，反正都是死，我們寧願死在你的槍下。」

　　「是嗎？」羅蒙諾又向意志較薄弱的王俊下手，用槍指着他，扣在扳機上的手指緊了一緊。

　　「**等等！**」王俊着急地說：「衛斯理功夫了得，如果你先開槍殺我的話，他趁着那短短的時間空隙，已足夠反制你了！」

「你——」我瞪了王俊一眼。

王俊的話使羅蒙諾不敢先殺他，槍頭又朝着我指回來了。

我連忙回敬：「別相信他，他的功夫比我厲害得多了。剛上飛機的時候，你沒聽到他不停嘲笑我是 **手下敗將** 嗎？我跟他比試功夫，從來就沒有贏過。」

羅蒙諾似乎也有點相信我的話，槍口在我和王俊之間 **猶豫不定**。

「不不不，我根本不是衛斯理的對手。」王俊慌張地說。

沒想到我和王俊也有互送高帽的時候。

我趁着羅蒙諾 **分心** 的一剎那，伸手把一大堆降落傘拉了下來，砸在他的身上，使他 **跌坐下來**。

我正想趁機制服羅蒙諾的時候，王俊卻匆匆拿起一個

降落傘穿在身上。

「你在幹嘛？」我詫異地問。

「**還問？快逃啊！**」

他迅速地拿起另一個降落傘，塞

到我懷裏，然後便拉着我一起跳

出機門去。

我心裏不禁暗罵王俊，他也太看得起我的身手了吧，

要我在空中穿降落傘！

　　我非常謹慎和吃力地嘗試穿上降落傘，只要稍一不慎脫手，我就會命葬沙漠。

　　幸好我順利穿上，並張開了降落傘。我和王俊兩人在半空中 **飄蕩** 了幾分鐘後，相繼落在沙漠之中，在沙上 **打入冷宮**。

　　我們扯脫了降落傘的綁帶，站起來，看看四周，盡是 **一望無際** 的沙漠。

　　「我們在什麼位置？該往哪個方向走？」王俊茫然地問。

　　我保持冷靜，**蹲下來**，在沙上畫出簡單

的地圖，「從開羅到工地有多遠？」

「大約有九百公里。」王俊説。

「飛機採取 **直飛** 的途徑。」我邊畫邊説：「我們飛了大約六百公里，若是返回開羅，要多走很多路程。但如果朝着飛機的方向繼續走，只要走三百公里就到工地了！」

但王俊呻吟了一聲：「**三百公里！得走多少天啊？**」

我二話不説，朝着工地的方向開始行走，也就是古廟的方向。

135

　　王俊跟在後面，不斷埋怨，也不斷地追問羅蒙諾教授究竟是個怎樣的人，為什麼會做出這樣的行為等等。但我全不回答他，只用手勢叫他住口，因為接下來的兩三天，我們可能一滴水也得不到，那就不要浪費口水了。

　　「**你為什麼不說話？**枉我剛才還幫你拿降落傘，救了你一命。」

　　聽到他這樣說，我真的忍不住要**發火**了：「若不是你，剛才我已經把羅蒙諾制服，那就可以舒舒服服坐着飛機去工地了！」

　　「**開玩笑！**你以為自己的功夫真的很厲害嗎？他可是有槍的！若不是我拉着你**跳機**，你的身體已經被他打穿了許多個洞！」

　　我們居然在沙漠上鬥起嘴來，但很快就後悔了，我們的嘴唇乾得裂開，還滲着**鮮血**。

　　天黑後，沙漠的晚上冷得令人**發抖**，我們找不到東西生火，王俊的臉色**灰白**得和死人差不多。四周一片死寂，我們坐着一籌莫展，只能默默等待天明。

　　等到第二天早晨，太陽又從東方升起，我們的嘴唇已佈滿了**血痕**，什麼話都不說，便繼續上路去。

　　到了中午，**酷熱**的太陽冥頑不靈地停留在我們的頭頂，我們全身內外都好像被火**燃燒**着一樣。這時，我抬頭向天，只希望老天爺下一場大雨！

但是，當我抬頭的時候，卻看到了一個飛動的 **黑影**，是兀鷹嗎？不！因為它伴隨着「軋軋」的引擎聲音。

那是一架直升機！

真的，那是一架直升機，而且還在慢慢降落。

這本來是值得歡喜若狂的，但我發現那直升機上竟沒有任何標誌，非常可疑。

我連忙拉着王俊趴下來，「別出聲，那直升機有可疑。」

大概一分鐘後，直升機在距離我們十五米外降落，機翼轉動捲起的黃沙幾乎把我和王俊掩埋。

我偷偷看過去，看見機上只有兩個人，一個是駕駛員，另一個是身形瘦長的阿拉伯人。

我隱約聽到那駕駛員用英語説：「**老闆吩咐，幹掉他們。**」

那阿拉伯人便帶着手槍，向我和王俊走過來。

我們兩個恐怕要死在這沙漠裏了。（待續）

對弈

我們立刻用電腦在線上**對弈**，結果我花了一個多小時擊敗他。

意思：即下棋。

全神貫注

難得有好東西解悶，我立刻**全神貫注**地玩起拼圖來。

意思：把全部精神集中在一個點上。

揶揄

王俊大概也知道我解不開這個鎖，終於來電**揶揄**：「怎麼樣？自作聰明的衛斯理，箱子打開了嗎？」

意思：即嘲笑、戲弄。

誇下海口

我依舊**誇下海口**說三天內打開箱子，然後便掛線了。

意思：比喻誇口，說大話，自我吹噓。

樂不可支

我**樂不可支**地在書房裏來回踱步，又馬上清空了書桌，立好了支架，準備一會兒向王俊直播解鎖。

意思：指快樂到不能自我控制的地步。

回南天

他這身打扮，即使到愛斯基摩人家中作客，也不怕凍死，更何況最近都是**回南天**，我也只不過是穿着一件襯衫而已！

意思：是一種天氣現象的稱呼，通常是指每年春天時，氣溫開始回暖，濕度亦開始回升的現象。

葫蘆裏賣什麼藥

我伸手去拉扯他臉上的大墨鏡，看看他**葫蘆裏賣什麼藥**，怎料，他異常慌張地避開，還匆匆轉身離去。

意思：指內情，對方要做什麼。

遭受雷殛

剎那間，我和王彥兩人都僵住了不動，如同**遭受雷殛**一樣！

意思：「雷殛」解釋是打雷，全句意思即是被雷擊中。

陰溝裏翻船

原來她是學過柔術的，我差點**陰溝裏翻船**，幸好我也受過嚴格的中國武術訓練，在半空中雙腿一屈，翻了一個觔斗，穩穩地站在地上。

意思：比喻在有把握的地方出了問題。

支支吾吾

傍晚時分，他給我打過電話，可是他在電話裏**支支吾吾**，好像遇到什麼困擾，卻又不想説出來。

意思：指説話時言語遮遮掩掩，吞吐含混。

事有蹊蹺

但我覺得**事有蹊蹺**，雖然發現了王彥車子的殘骸，但既然還未找到王彥的屍體，事情還可以有許多可能性，例如開車的人或許不是王彥，甚至在意外發生時，車上根本就沒有人，所以才沒有發現屍體。

意思：即事情怪異可疑或違背常情。

聞風喪膽

我整個人僵住了，因為我知道這獨一無二的皮帶的主人，就是令人**聞風喪膽**的冷血殺人王勃拉克！

意思：聽到風聲，就嚇得失去勇氣，形容對某種力量非常恐懼。

明目張膽

他殺人的手法層出不窮、乾淨俐落，許多宗**明目張膽**的暗殺，明明是他幹的，卻因為找不到任何證據而無可奈何。

意思：指無所顧忌，膽大妄為。

大惑不解

「什麼同伙？你在胡說什麼？」羅蒙諾一副**大惑不解**的樣子。

意思：即是感到非常迷惑，不能理解。

有條不紊

我**有條不紊**地回答：「起初我是因為覺得山頂那宗交通意外有可疑，所以潛入羅蒙諾的家裏查探，結果竟發現勃拉克的蹤影，而當時我也通知了你。」

意思：形容做事、說話有條理，絲毫不混亂。

將功補過

想**將功補過**的話，你就立刻放下一切，加入我們的工作組，一起對付勃拉克！

意思：以功勞補償過錯。

嚴陣以待

傑克迅速拔槍，而我則舉起了一張椅子，**嚴陣以待**。

意思：擺好嚴整的陣勢等待着進犯的敵人，形容做好完全的準備工作。

衛斯理系列 少年版 03

透明光 上

作　　　者：衛斯理(倪匡)

文 字 整 理：耿啟文

繪　　　畫：余遠鍠

出 版 經 理：林瑞芳

責 任 編 輯：蔡靜賢

封面及美術設計：BeHi The Scene

出　　　版：明窗出版社

發　　　行：明報出版社有限公司

　　　　　　香港柴灣嘉業街 18 號

　　　　　　明報工業中心 A 座 15 樓

電　　　話：2595 3215

傳　　　真：2898 2646

網　　　址：http://books.mingpao.com/

電 子 郵 箱：mpp@mingpao.com

版　　　次：二〇一九年一月初版

　　　　　　二〇一九年七月第二版

　　　　　　二〇二〇年十二月第三版

I S B N：978-988-8525-49-2

承　　　印：美雅印刷製本有限公司